U0143915

图解心理游戏

（日）本间正夫 著

马丽 译

中国民族摄影艺术出版社

图字：01-2005-2326

图书在版编目(CIP)数据

图解心理游戏／(日)本间正夫 著；马丽 译.—北京：中国民族
摄影艺术出版社，2005.8
ISBN 7-80069-684-7

Ⅰ.图… Ⅱ.①本…②马… Ⅲ.心理测验-图解
Ⅳ.B841.7-64

中国版本图书馆 CIP 数据核字(2005)第 082885 号

GAKKOU GA 10 BAI TANOSIKUNARU SINRI GAME

Originally published in Japan by Shufunotomo Co., Ltd. Tokyo

Copyright ⓒ 2003 Masao Honma

本书由主妇之友出版社授权，由中国民族摄影艺术出版社独家出版中文
简体字版

作   者   (日)本间正夫
翻   译   马丽
策   划   一恒盛辉(http://www.yhshbook.com)
版式设计   践诺设计中心 jiannuo2004@yahoo.com.cn
责任编辑   殷德俭

出版发行   中国民族摄影艺术出版社
地   址   北京市东城区和平里北街 14 号 (100013)
印   刷   北京世图印刷厂
开   本   32 开
印   张   5.625
版   次   2005 年 9 月第 1 版 2005 年 9 月第 1 次印刷
书   号   ISBN 7-80069-684-7/Z·64
定   价   18.00 元

你的爸爸妈妈正在想些什么呢？你的兄弟姐妹和朋友们对你的看法是怎样的呢？像这样，人的内心是他人所无法了解的。不，就连自己也不能说对自己完全了解吧。为什么这样说呢？是因为人类有被称为"下意识"和"潜意识"这样的东西存在，有连自己也没察觉到的"自我"隐藏在内心深处。这本书以"挑错""图表式(对)(错)""填空测试""迷宫"之类的心理测试，用猜谜的游戏方式把你的"下意识"和"潜意识"渐渐引导出来。

首先，了解了真实的自我，就能据此知道适合自己的学习和运动是什么。其次，在悄悄地了解了朋友的情况之后，就知道该如何与自己喜欢的女生、男生交往了。最后，还能"预知"你人生未来的大方向。一个人消遣不错，但是如果能和众多朋友分享的话就能获得更多的乐趣。能使你的学校变成快乐天堂的就是这本书了。

本间正夫

找出埋藏在内心深处的自我吧!

恐怕连你自己也不清楚,那个真实的自我究竟是

什么样子。

最适合自己的学习和运动是什么呢?

嗯? 朋友们,你考虑过这样的问题吗?

与自己投缘的朋友是怎样的人呢?

怎样和那个朋友交往比较好呢?

自己的未来是……?

这本书来回答你所有的疑问!

PART3 了解朋友的情况 73

PART④ 了解与喜欢的人的
交往方式   103

PART⑤ 了解自己未来的人生 129

专栏

PART

1

了解真实的
自我

每个人都有所谓的"潜意识"这种东西存在吗？"真实的自我"不是表面上的，而是隐藏在内心深处。那么，你的"真实自我"究竟是什么样子的呢？

Q ① 你能找出
餐桌上的6处错误吗?

这是一个家庭其乐融融的早餐场面。不过,请仔细观察,左面的图画和右面的图画有 4 处不同之处。那么,是哪里不同呢?

(在没有找出答案之前,请不要翻看下一页哦!)

见下页
诊断结果

※ 图中没有印刷污渍引起的错误。

PART 1 了解真实的自我

最先发现的错误是哪里？

你呀，
还是个孩子呢

ZHEN DUAN

4处错误是：

① **妈妈围裙上的设计。**

② **爸爸头发的分界方向。**

③ **被姐姐咬过的吐司。**

④ **哥哥衬衫袖子的长度。**

那么，你最先发现的错误是哪里呢？

最先把"①妈妈围裙上的设计"看在眼里的你。

你呀，还是个孩子呢。好像还远不能把注意力从妈妈身上移开。差不多该从妈妈身边离开了。

你能找出
雨过天晴后的日子里
的4处错误吗?

走在雨后的路上,开来的汽车轧进水坑里。仔细观察,左图和右图有 4 处不同之处。那么,是哪里不同呢?(在没有找出答案之前,请不要翻看下一页哦!)

见下页
诊断结果

※ 图中没有印刷污渍引起的错误。

PART 1 了解真实的自我

你呀，
是个爱生气的家伙。

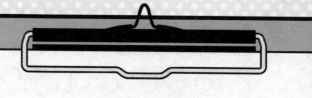

ZHEN 诊 断 DUAN

4处错误是：

① 驾车男子叼着烟的位置。

② 坐在副驾驶位置上的女士的绸带。

③ 被水溅到的男生举起的手。

④ 彩虹。

那么，你最先发现的错误是哪里呢？

最先把"①驾车男子叼烟的位置"看进眼里的你，是个爱生气的家伙。这就是你在被水溅到的瞬间看着驾车人的脸想大骂"混蛋！"的证据。你一定是个爱生气的人。

Q③ 你能找出
公园里的4处错误吗？

公园里,小朋友们正在兴高采烈地玩耍。不过,请注意观察,左图和右图有 4 处不同之处。那么,是哪里不同呢?

(在没有找出答案之前,请不要翻看下一页哦!)

诊断结果 见下页

※ 图中没有印刷污渍引起的错误。

PART 1 了解真实的自我

你是个
甘于寂寞的人

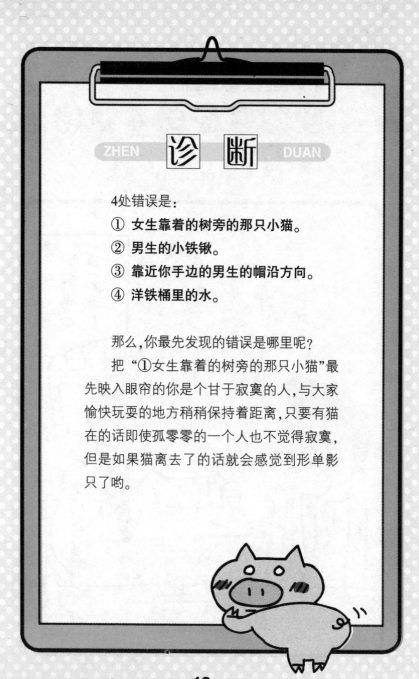

ZHEN 诊 断 DUAN

4处错误是：

① 女生靠着的树旁的那只小猫。

② 男生的小铁锹。

③ 靠近你手边的男生的帽沿方向。

④ 洋铁桶里的水。

那么，你最先发现的错误是哪里呢？

把"①女生靠着的树旁的那只小猫"最先映入眼帘的你是个甘于寂寞的人，与大家愉快玩耍的地方稍稍保持着距离，只要有猫在的话即使孤零零的一个人也不觉得寂寞，但是如果猫离去了的话就会感觉到形单影只了哟。

你能找出
实验室里的4处错误吗？

研究室里，博士和助手正在做着什么实验。不过，仔细观察，左图和右图有 4 处不同之处。那么，是哪里不同呢?(在没有找出答案之前，请不要翻看下一页哦!)

诊断结果 见下页

※ 图中没有印刷污渍引起的错误。

PART 1 了解真实的自我

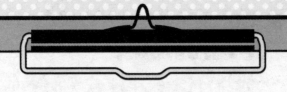

ZHEN 诊 断 DUAN

4处错误是:

① **"研究中"变成了"研究仲"。**

② **博士的胡子。**

③ **烧瓶的大小。**

④ **助手的发型。**

那么,你最先发现的错误是什么呢?

一眼就把①"研究中"变成了"研究仲"看在眼里的你是个聪明的家伙。平常应该一看到汉字就会注意它是否有错误吧。我认为这样的你一定是个头脑聪明的人。

你能找出
课间休息的6处错误吗?

似乎是课间休息的时间，教室里大家都在自由的活动。不过，仔细观察，左图和右图有 4 处不同之处。那么，是哪里不同呢？(在没有找出答案之前，请不要翻看下一页哦！)

见下页诊断结果

※ 图中没有印刷污渍引起的错误。

PART **1** 了解真实的自我

你呀
思想有点复杂哟

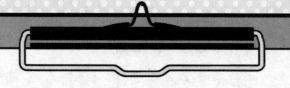

 诊 断

ZHEN　DUAN

4处错误是：

① 女生的裙子变短了。

② 男生的长裤变成了短裤。

③ 课本从"语文"变成了"数学"。

④ 男生的眼镜没有了。

那么，你最先发现的错误是哪里呢？

最先注意到"①女生的裙子变短了"这一点的你思想有点儿复杂哟。是不是平时就常想着"女生的裙子要是再短一点就好了"这种问题呀。

Q6 你能找出
生日聚会上的6处错误吗？

你在生日聚会上收到了很多礼物。不过，请仔细观察左图和右图的 4 处不同之处。那么，是哪里不同呢？（在没有找出答案之前，请不要翻看下一页哦！）

※ 图中没有印刷污渍引起的错误。

见下页诊断结果

PART **1** 了解真实的自我

最先发现的错误是哪里？

**你呀
是个欲望强烈的家伙哟**

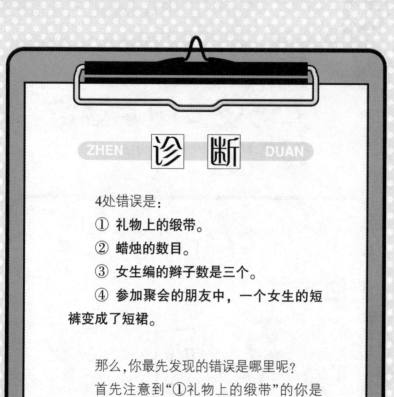

ZHEN **诊 断** DUAN

4处错误是：

① 礼物上的缎带。

② 蜡烛的数目。

③ 女生编的辫子数是三个。

④ 参加聚会的朋友中，一个女生的短裤变成了短裙。

那么，你最先发现的错误是哪里呢？

首先注意到"①礼物上的缎带"的你是个欲望很强的家伙。虽说对于礼物方面特别关注是情不自禁的行为，不过我还是认为你一定是个有着强烈欲望的人。

你能找出
上坡路上的4处错误吗?

大家正在河边堤坝旁的斜坡上玩耍。不过，仔细观察，左图和右图有 4 处不同之处。那么，是哪里不同呢？(在没有找出答案之前，请不要翻看下一页哦！)

诊断结果 见下页

※ 图中没有印刷污渍引起的错误。

PART **1** 了解真实的自我

你呀
是个温和仁慈的人呢

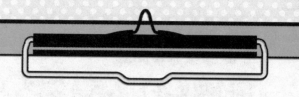

ZHEN 诊 断 DUAN

4处错误是:

① 老奶奶的行李变大了。

② 女生的帽沿方向。

③ 天空中云的形状。

④ 建筑物的形状。

那么,你最先发现的错误是哪里呢?

最先把"①老奶奶的行李变大了"这一点看在眼里的你一定是个性情温和、仁慈的人。就连老奶奶上坡这点儿事你也能给予关注,所以我想能够注意到那个行李的你一定是个性情温和仁慈的人。

你能找出
医院里的6处错误吗？

这里是医院的诊断室。不过,仔细观察,左图和右图有4处不同之处。那么,是哪里不同呢?(在没有找出答案之前,请不要翻看下一页哦!)

诊断结果 见下页

※ 图中没有印刷污渍引起的错误。

PART ① 了解真实的自我

你呀
是个胆小鬼哦

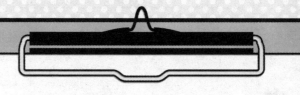

诊 断

4处错误是：

① 注射器的大小。

② 护士帽上的标志。

③ 母亲的发型。

④ 椅子的支架。

那么，你最先发现的错误是哪一处呢？

最先注意到①注射器大小的你是个胆怯的人。光是看到医生手中的注射器是不是就已经令你忐忑不安了呢？这样的你一定是个胆小鬼。无论身在何处，你的内心一定时时刻刻都感觉到忐忑不安吧。

使自己更具吸引力的心理策略

在学校里，使自己对老师和朋友们产生吸引力的方法如下：

① 盯住对方的眼睛仔细倾听对方的谈话。

② 时不时地大幅度点一点头。

③ 自己说话的时候要看着对方的眼睛。

PART

2

了解
适合自己的学习
和运动

你比较擅长的学习科目和运动项目是什么呢? 虽然自己以为很擅长的科目, 但实际上却完全不是那么回事的情况是常有的。那么, 就找一找适合自己的学习科目和运动项目吧。

啊!

看破对手谎言的心理策略

明知不能说谎还忍不住说谎的就是人类。在这里向大家介绍一下，当对方有以下行为的时候，也许你就应该抱着怀疑的态度注意了。

① 说话时不看着你的眼睛。

②说话时把手插在衣袋里。

③ 说话的同时频繁地捏鼻子、捂嘴、撩拨头发等。

你会写汉字吗？

突然有人让你写汉字可不要害怕哟。会写的人当然没有问题，不会写的人也要抱着能写的心态尝试一下。

1课时

语文

PART 2 了解适合自己的学习和运动

START

回答：Yes→3
　　　No→4

认为自己写的词语正确吗？

请在左边的空白处写[yù yu]这个词语。

我是
Yes

[余裕]的[裕]也读[yú]吗?

Yes→6

No→5

认为[余]写成[余]是正确的。

Yes→9

No→6

[余]比[裕]更大吗?

Yes→1

No→6

基本上不太明白 [余裕]的意思。

Yes→10

No→11

正确答案是[余裕]。

对→2

错→4

把[谷]字上部的[八]写得比下部的[合]还要大。

Yes→11

No→6

2个字都写错了,或者是根本就不会写?

Yes→8

No→7

写[谷]字时在[口]上部加了一横。

Yes→12

No→7

知道[礻]是从[衣]演变来的。

Yes→13

No→10

除了[裕]之外还能写出 3 个带[礻]字旁的汉字吗?

Yes→是 A 型

No→14

不知道[礻]读[衣字旁]。

Yes→14

No→15

能写出 3 个带[裕]字的词语吗?

Yes→是 B 型

No→15

只写错了[余裕]的[余]字。

Yes→15

No→10

一直认为[礻]是[礻]。

Yes→是 C 型

No→是 B 型

把[谷]字的[八]连成了[人]。

Yes→16

No→11

至此为止,没有写对过一次[裕]字。

Yes→是 D 型

No→15

最适合你的科目是
语文吗?

A型→与语文的契合度是 100 分。

你对于自己感兴趣的语文会拼命努力地学习,一句话"非常棒"。如果就这样持续不断地在语文学习方面努力的话,也许会成为作家哟。

B型→与语文的契合度是 70 分。

嗯,是个了不起的人物。虽然还没有达到满分 100 分,但是你和语文的契合度也有 70 分呢。稍后只要努力的话达到 100 分并非梦想哟。

C型→与语文的契合度是 40 分。

你在语文方面也许稍稍欠缺些天赋吧。可是,无论什么事情都不可以放弃,所以再重新努力一次试试吧。

D型→和语文的契合度是 10 分。

虽然应该努力再努力,在语文方面多花一些功夫,不过说到底你也许缺少一些在学习语文方面的天赋。不如挑战其他的科目试试吧。

这样的计算
你会做吗?

这是一本有关心理游戏的书, 也就是说,不会出现常规的计算题。那么,就从下面的问题开始试试吧。

START

只画一条线,你能得出正确的等式吗?

$$3+5-2=343$$

能→3   不能→4

正确答案是把[−]变成[+]。

6+1=7

那么,除法怎么样?

很棒→5

很差→6

2463×0=

知道答案的→9

不知道答案的→16

画一条同样的线能得出
正确的等式吗?

6−1=7

可以→1

不行→8

明白四舍五入的道理。

Yes→5

No→15

正确答案是

345−2=343

可以→2

不行→8

直角是 90 度。

Yes→6

No→11

6级以上的乘法总是先从
2.6、3.6 这些小数开始。

Yes→8

No→7

数学测试从未得过 100 分。

Yes→12

No→11

与加法相比减法很差。

Yes→14

No→13

比起电脑来更相信自己
的计算。

Yes→A 型

No→14

认真做零用钱的记录。

Yes→14

No→15

在商店里买东西时,计
算找零很快。

Yes→A 型

No→B 型

知道求出三角形面积的
方法。

Yes→14

No→15

两位数的加减法很差。

Yes→C 型

No→14

认为数学对长大成人后
的自己没有帮助。

Yes→16

No→11

只要看到数字就头疼。

Yes→D 型

No→15

最适合你的科目是
数学吗?

A型→与数学的契合度是 100 分。

非常棒!你的计算能力真是了不起。可以说毫无异议你的数学天赋是 100 分。

B型→与数学的契合度是 70 分。

真可惜!再稍微努力一点的话你的数学天赋也可以达到 100 分。认真锻炼一下自己的计算能力吧。

C型→与数学的契合度是 40 分。

你在数学方面也许稍稍欠缺些天赋吧。可是,无论什么事情都不可以放弃,所以再重新努力一次试试吧。

D型→和数学的契合度是 10 分。

看到数字就头疼的你,嗯,也许数学对于你真的是相当残酷。还是挑战其他的科目试试吧。

不做实验就不知道吗?

既有不做试验就不明白的东西,也有不做试验凭空想像的心理游戏。那么,来挑战问题吧!

START

把注入水的容器放在天秤上,如图所示,手中拿着球放入容器中,天秤的刻度会如何显示呢?

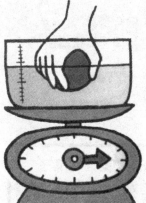

变重了→3   变轻了→4

地球是在太阳系的中央吗？

Yes→5

No→6

长颈鹿是个子最高的动物吗？

Yes→9

No→6

这是土星。

Yes→1

No→6

蜻蜓是将尾部放入水中产卵的。

Yes→10

No→7

正确答案是"变重了"。这是因为体积增加了。

Yes→2

No→7

知道青蛙会冬眠。

Yes→11

No→8

正确答案是"变重了"。但对于其中的含义并不了解。

Yes→8

No→7

知道在球茎部位开花的植物。

Yes→11

No→12

老虎能游泳吗？

Yes→13

No→10

你有属于自己的
显微镜吗？

Yes→A 型

No→B 型

蝴蝶和硬壳虫都是 6
只脚吗？

Yes→14

No→15

你有属于自己的天体望
远镜吗？

Yes→13

No→B 型

乌贼和章鱼的脚一样多。

Yes→14

No→15

蝌蚪长大后就会变成
青蛙。

Yes→14

No→C 型

解剖过青蛙。

Yes→11

No→16

一看到酒精灯和烧杯
就讨厌。

Yes→D 型

No→15

PART **2** 了解适合自己的学习和运动

最适合你的科目是
理科吗?

A型→与理科的契合度是 100 分。

拥有自己专用的显微镜,你已经完全沉浸在理科的世界中了。与理科的相适应度确实是 100%。

B型→与理科的契合度是 70 分。

你对理科并不讨厌,如果再稍微对它抱有一些兴趣,你就有可能在 70 分的基础上大大提高哟。

C型→与理科的契合度是 40 分。

对于蝌蚪长大后会变成青蛙这件事你好像还不知道呀,再稍微在理科方面下点儿功夫吧,你一定会发现它的乐趣的。

D型→和理科的契合度是 10 分。

无论是生物还是试验你好像都不太感兴趣呀。还是向其他的科目发起挑战吧。

啊？有这样的声音吗？

好像没有人是天生的"音痴"。那么，你在这方面怎么样呢？

START

请在下面的五线谱中画入[3][5][6]的音符吧。

能画的→3 不知道的→4

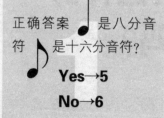

正确答案 ♩ 是八分音符 ♪ 是十六分音符？

Yes→5

No→6

总有一种乐器会演奏。

Yes→9

No→6

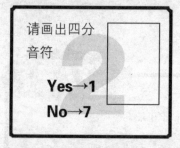

请画出四分音符

Yes→1

No→7

这个音是 1？还是 7？

Yes→9

No→10

正确答案是

Yes→2

No→4

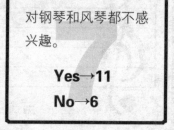

对钢琴和风琴都不感兴趣。

Yes→11

No→6

音乐课没意思。

Yes→8

No→7

喜欢经常听 CD。

Yes→7

No→12

自己感觉自己是音痴。

Yes→10

No→13

最喜欢在众人面前唱歌
或演奏。

Yes→A 型

No→B 型

喜欢唱卡拉 OK。一拿起
麦克风就不愿意放手。

Yes→13

No→14

有自己最喜欢的音乐家。

Yes→13

No→B 型

经常去看现场音乐会。

Yes→10

No→15

虽然不擅长唱歌,但却
很喜欢跳舞。

Yes→C 型

No→14

掌握节奏非常困难。

Yes→16

No→11

无论是唱歌还是跳舞
都非常不喜欢。

Yes→D 型

No→15

最适合你的科目是
音乐吗?

A型→与音乐的契合度是 100 分。

最喜欢在众人面前唱歌、演奏乐器时的你表现出了非凡的自信。毫无疑问你和音乐的适应程度是100%。

B型→与音乐的契合度是 70 分。

好不容易掌握了音乐的常识,不过你自己本身似乎对音乐并不太感兴趣。所以,你和音乐的契合度大约是70%吧。

C型→与音乐的契合度是 40 分。

你好像在音乐方面没有那种特殊的天赋,所以稍后有许多地方需要努力哟。

D型→和音乐的契合度是 10 分。

无论是唱歌还是跳舞你都极其不喜欢,对音乐完全没有兴趣的你还是尝试挑战其他的科目吧。

你想住在什么样的房子里呢?

无论是谁都想有"自己的城堡",都想拥有自己的房子。那么,你想住在什么样的房子里呢?

START

请在下面的空白处画出房子的样子。

画了烟囱→3

没有画烟囱→4

Baseball

幼儿时期经常喜欢玩积木。

Yes→5
No→6

喜欢玩叠纸飞机。

Yes→9
No→10

不仅是窗户连大门也清楚地画出来了。

Yes→1
No→6

能用折纸叠出千纸鹤。

Yes→5
No→11

不仅仅是烟囱，连窗户也画得很精致。

Yes→2
No→7

喜欢用粘土做房子。

Yes→6
No→12

原本就不擅长画建筑物。

Yes→8
No→7

与建筑物相比更擅长画肖像画。

Yes→12
No→7

是不是很讨厌做整理相册之类的事情呢？

Yes→13

No→14

渐渐认为制作贺年卡是做复杂精细的活了。

Yes→A 型

No→B 型

不擅长用铁锤敲钉子。

Yes→14

No→9

非常擅长使用剪刀和浆糊。

Yes→13

No→B 型

买到素描本的时候非常高兴。

Yes→10

No→15

经常在教科书和笔记本上随意涂写。

Yes→14

No→C 型

作品常被周围的人说："画得像漫画似的。"

Yes→11

No→16

基本上不喜欢自己做物品。

Yes→D 型

No→15

最适合你的科目是
美术吗?

A型→与美术的契合度是 100 分。

无疑你是个想像力丰富，手指灵巧的人。无论是谁都会认为你是个美术天才，与美术的契合度是 100%哟!

B型→与美术的契合度是 70 分。

即便可以画些潦草的图画，但若成为工作你就会觉得很棘手了。所以无论怎样看似简单，你向绘画方面发展的契合度大概都是 70%吧。

C型→与美术的契合度是 40 分。

大概无论如何你对美术都没有兴趣吧，你与美术的契合度至多就是 40%。

D型→和美术的契合度是 10 分。

基本上不喜欢自己动手制作物品的你，与美术的契合度至多也就是 10%。还是向其他的科目挑战吧。

你能跳起来转一圈吗？

这一页不需填入文字或绘画，而是请你利用自己的身体作表演哟。那么，加油吧！

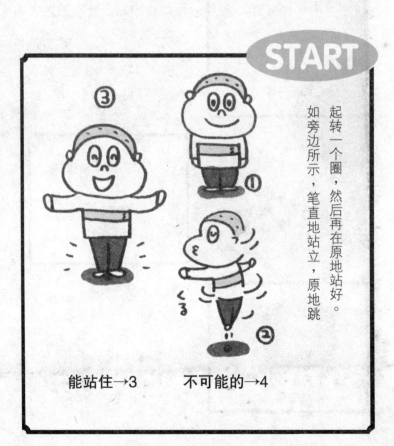

START

起转一个圈，然后再在原地站好。

如旁边所示，笔直地站立，原地跳

③

①

くる

②

能站住→3　　　不可能的→4

即使是冬天,穿短袖衫的时候也比较多。

Yes→5
No→6

能够轻松地骑自行车。

Yes→9
No→10

正在参加健身俱乐部的活动。

Yes→1
No→6

快步走马上就喘不过气来。

Yes→5
No→11

跑得快,对自己的双腿很有自信。

Yes→2
No→7

几乎从不向学校请假。

Yes→6
No→12

不太喜欢运动会。

Yes→8
No→7

与猫相比,你更喜欢狗。

Yes→12
No→7

能倒立。

Yes→13

No→14

身体在运动中的时候感觉最幸福。

Yes→A 型

No→B 型

不擅长跳绳！双人跳绳还一次也没玩过。

Yes→14

No→9

感觉流汗令心情非常舒畅。

Yes→13

No→B 型

擅长翻筋斗。

Yes→10

No→15

经常喝运动饮料。

Yes→14

No→C 型

即使受了伤也很少去医院。

Yes→11

No→16

比起看别人运动，还是更喜欢自己做运动。

Yes→14

No→D 型

PART ② 了解适合自己的学习和运动

最适合你的科目是
体育吗?

A型→与体育的契合度是 100 分。

你是那种身体在运动时感觉最幸福的人。这样的你与高难度体育项目的契合度是 100%。

B型→与体育的契合度是 70 分。

虽说你对体育项目有一定的喜好，但并不能轻易地就说"喜欢"。这样的你与体育的契合度是 70%。

C型→与体育的契合度是 40 分。

虽然明白身体运动之后就会出汗，但不喜欢不出汗的时候也喝运动饮料。你和体育的契合度大约是 40% 吧。

D型→和体育的契合度是 10 分。

自认为自己不是做运动而是看运动的人。在这一点上也许你是正确的。不过，你与体育的契合度确实是最低的，只有 10%。

能够轻松快速学习的方法是……?

怎样学习好呢?在这里把这个学习的好方法
传授给你吧。

START

请把自己的名字填入左侧的空白处。

把空白处填写得满满的→3
在空白处还留有大量的余地→4

想给学习不好的孩子补习功课。

Yes→5
No→6

虽然不喜欢被人注意但却喜欢注意别人。

Yes→6
No→9

得到金钱的奖励令你干劲十足。

Yes→6
No→1

根据老师决定自己是否有学习的干劲。

Yes→9
No→10

擅长于在测试的时候压题。

Yes→7
No→2

学习的时候听音乐反而效果更好。

Yes→11
No→6

一翻开书就马上犯困。

Yes→8
No→3

接受朋友的委托一点也不厌烦。

Yes→12
No→7

在班里很受欢迎。

Yes→13

No→14

如果想在测试中获得好成绩,有时就会得个坏分数,成绩不稳定。

Yes→A 型

No→14

在上课时很少举手。

Yes→14

No→9

如果不一项一项地完全掌握,就无法继续向前学习。

Yes→B 型

No→15

对于不明白的答案胡乱填写或自嘲一番。

Yes→15

No→10

喜欢的科目和不喜欢的科目明显区别对待。

Yes→C 型

No→16

因为性格不稳定,所以对学习也是马上就感到厌烦了。

Yes→16

No→11

认为作弊是绝不能允许的。

Yes→D 型

No→C 型

适合你的**学习方法**
就是这条!

A型→制定目标学习法。

在测试中获得的成绩有好有坏,就是成绩不稳定的你集中力欠缺的证据。只要有干劲儿,就能获得好成绩,所以认真地为自己确立好目标努力学习吧。

B型→制定计划学习法。

如果不一项一项地掌握就无法继续向前学习的你,应该预先认真制定好学习计划再开始学习。不过,这个计划应该是一个能贯彻始终的目标,而不是没有约束力、不能执行的内容。

C型→把喜欢的科目进行到底。

当面对自己感兴趣的东西时能够废寝忘食,适合你的学习方法只能是把自己喜欢的科目进行到底。对于讨厌的东西连看也不看的情况下,应该能大幅度提高你的集中力。

D型→短期内高度集中精力学习。

虽然你不允许不正当的行为,做事情也总是光明正大,但是在面对测试这种事情的时候却又没有耐性。这样的你只能用短时间决胜负的学习方法。把电视、电话等所有的东西都暂停,好好努力吧!

自习

好，大家一起来
运动吧！

大家并不是不学习就不行的，如果在学习方
面很吃力的话就一起来做运动吧。

START

喜欢体育器械方面的运动。→3

喜欢不用体育器械的运动。→4

PART ② 了解适合自己的学习和运动

喜欢单纯的跑步运动

Yes→5

No→6

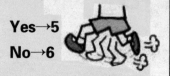

在一对一的比赛中斗志昂扬。

Yes→9

No→6

不喜欢在身上附加各种东西的运动

Yes→6

No→1

偶尔会希望自己是众人眼中最亮的焦点。

Yes→9

No→10

认为运动是容易受伤的活动。

Yes→2

No→7

喜欢球类运动。

Yes→6

No→11

希望在团体中穿着统一的制服作战。

Yes→3

No→8

乐于承受压力。

Yes→7

No→12

希望参加大型比赛。

Yes→13
No→14

想从事大家都熟知的
体育项目。

Yes→A 型
No→14

比起动手的运动来更
擅长动脚。

Yes→14
No→9

希望品味的不是自己的
胜利，而是大家共同的
胜利。

Yes→B 型
No→15

喜欢享受个人速度的
运动。

Yes→15
No→10

对团体竞赛不太感兴趣。

Yes→C 型
No→16

不太喜欢激烈的运动。

Yes→16
No→11

不想从事团体式运动。

Yes→D 型
No→C 型

适合你的**运动**
就是这一项!

A型→你适合的运动是棒球。

适合你的运动是棒球。说到棒球在日本几乎大家都很熟悉,如果作为打手来一记本垒打,或作为投手将对手三振出局的话,你马上就能成为人们心目中的英雄了!

B型→你适合的运动是足球。

希望品味集体胜利而不是个人胜利的你最适合的运动是足球。足球这种运动是集体共同努力的运动。当然,橄榄球、篮球、排球等也都没问题!

C型→你适合的运动是马拉松。

从事运动完全不受伤是不可能的,但是如果你不喜欢空手道和拳击这样的格斗术,也不喜欢类似橄榄球的那种激烈运动,那么马拉松式是最适合你的。不过,如果没有超人一等的耐力也不行哟。

D型→你适合的运动是高尔夫。

虽说运动就是运动,但如果你想从事的是兼备"游戏"般快乐的运动的话,那么高尔夫是最适合你的。不过,高尔夫是挑战自我的运动,因为它没有掩护的屏障,所以精神力量不够的人是无法从事的。

自习

三天打鱼两天晒网的小子搞不好体育

就像有适合自己的学习方法一样，应该也有适合提高自己运动成绩的方法。不过，三天打鱼两天晒网的小子能搞好体育吗？

START

打鱼两天晒网的人而不了了之。

无论做什么事都因为自己是个三天

Yes→3   No→4

因为想使用最新的训练器械而做训练。

Yes→5
No→6

一受到大家关注就立刻干劲儿十足。

Yes→9
No→6

在运动方面与技巧相比精神力量更重要。

Yes→6
No→1

不练习到不能动为止就没有做运动的感觉。

Yes→10
No→7

把坚持就是力量这句话牢记在心。

Yes→2
No→7

不喜欢拼命运动后带来的疲劳感。

Yes→11
No→10

在运动当中转动是不可欠缺的练习。

Yes→7
No→8

游泳是一种非常好的运动训练方法。

Yes→7
No→12

不喜欢没有实际功绩的
人做自己的教练。

Yes→13

No→14

心目中有偶像级的运动
选手。

Yes→A 型

No→14

认为全力以赴努力的自
己非常有魅力。

Yes→14

No→9

为了达成目的可以在
所不惜。

Yes→B 型

No→A 型

有时不知道自己在说些
什么。

Yes→15

No→10

不喜欢付出努力。

Yes→C 型

No→14

即使只是肌肉疼也要向
学校请假。
Yes→16

No→11

不想进行疲劳式训练。

Yes→D 型

No→15

在运动方面适合你的
提高方法是……

A型→因模仿而提高。

与所谓的脾气秉性或努力这两个词全不相符的你，最适合
的运动成绩提高法就只有模仿了。不管怎样，"模仿=学习"
这样的说法说明模仿还是很重要的嘛。

B型→因自身的脾气秉性而获得提高。

如果你是那种为了达成所愿可以在所不惜的人，最适合你
的运动成绩提高法就是一句话"脾气秉性"。认为能够忍耐
住艰难困苦的自己才是最具魅力的你加油吧！

C型→因天赋而得以提高。

对于不喜欢努力，认为一切都是徒劳的你来说，最佳的运
动成绩提高法说白了，只能依靠天赋了。要把这种认为可
行的事情落实在实处哟。

D型→合着自身的节奏提高。

说到不愿进行疲劳训练还要使运动成绩按部就班提高的
你，最适合的提高方法只能是合着自身的节奏运动。想训
练的时候就训练，不想训练的时候就不练。

PART

3

了解
朋友的情况

　　你周围的朋友到底是什么样的人呢？他们又是如何评价你的呢？

　　在这里了解一下这些朋友和你自己的情况吧。

　　一定要和朋友一起做哟。

与初识者立刻成为朋友的心理策略

与初识者立刻成为好友的确不是一件容易的事。不过,用以下方法的话,也许能够意外的结成好友。

① 在朋友说话的时候,绝对不要在中途阻挠或插嘴谈论自己的事情。一定要听到最后。

② 在轮到自己说话的时候,与其谈论自己引以为荣的事情不如谈些自己失败的经历。

③ 握手或是拍肩,与对方的身体自然接触。

你的照片被拍在
什么地方了？

　　你和朋友一起去山上游玩,在展望台你拍了纪念照。那么,你会把照片拍在下一页的什么地方呢?

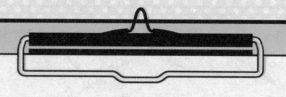

诊 断

你知道朋友们对你的事情是怎样评价的吗?

你的照片拍在什么地方？这个问题非常直观地反映出
了朋友们日常对你的看法。

■ **选择 A 的你**
　喜欢惹人注意但难免有些轻浮。

■ **选择 B 的你**
　喜欢恶作剧,有点儿淘气。

■ **选择 C 的你**
　表面上虽然很老实，但实际上非常希望能受人瞩
　目。

■ **选择 D 的你**
　希望享受孤独,但又不喜欢自己一个人被冷落。

■ **选择 E 的你**
　希望与他人尽量保持距离,古怪的家伙。

■ **选择 F 的你**
　具有强烈的奉献精神，只要周围的人高兴让你做
　什么都可以。

Q2

注意剪影！
他们在做什么呢？

映在窗帘上的看起来像是一个男人和一个女人的侧影哟。那么,他们在做什么呢? 首先进行想像,然后在下一页中选择与你想像相近的内容。

③ 正要接吻。

④ 男生正要掐死女生。

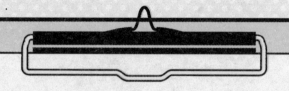

诊　断

你那令人讨厌的地方就是这里吧？

仅仅根据你对剪影的想像内容就能判断出你被朋友们讨厌的地方是哪里哟。

- **选择①的你**

  被讨厌的地方是比什么都可恶的负面思考方式。

- **选择②的你**

  总的来说是乐观主义者，被讨厌的地方是不拘小节。

- **选择③的你**

  被讨厌的地方就是满脑子考虑的都是色情方面的事情。

- **选择④的你**

  被讨厌的地方是有实施暴力的倾向。

- **与哪一种都不相符的你**

  被讨厌的地方是顽固并且有些怪癖的性情。

切西瓜游戏是成功还是失败了？

在夏日的海滨，你和朋友们正在玩切西瓜的游戏。那么，切西瓜，你是成功了还是失败了呢？从下一页的四字成语中选择与这个情景相符的成语吧。

①

以心
换心

②

借力
使力

④

暗中
摸索

PART ③ 了解朋友的情况

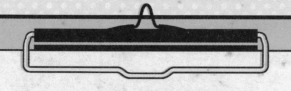

与你性情相投的朋友是这样的。

根据你所选择的四字成语就能了解与你性情相投的朋友是什么样子的哟。

- **选择①以心换心的你**

  对于容易信任朋友的你来说，无论任何事情都可以与之商量拜托的人是最适合你的朋友人选。

- **选择②借力使力的你**

  对于有事不愿直说但最后还是会向朋友撒娇的你来说,喜欢照顾他人的朋友是你最佳的选择。

- **选择③千钧一发的你**

  对于与朋友之间经常存在紧张感的你来说，稍微需要照顾的朋友是你最好的朋友人选。

- **选择④暗中摸索的你**

  对于不喜欢依赖朋友的你来说，无论什么事都对你唯命是从的人是最适合的朋友人选。

你能在瞬间
4 找到插头吗？

这一篇要和朋友一起做哟。

这里有一些电器插头,现在与插座相连的插头是属于哪个电器的呢?

请朋友看下一页后进行确认。

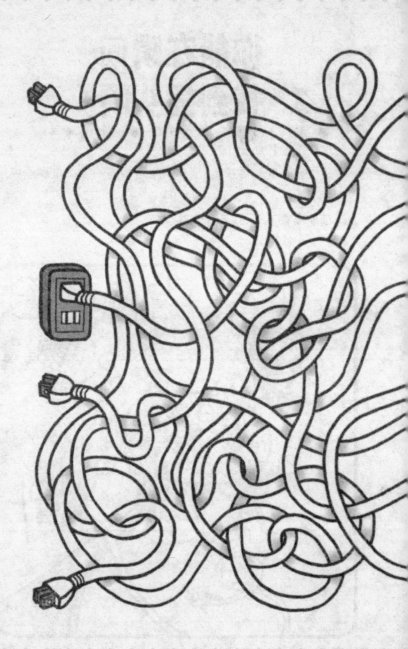

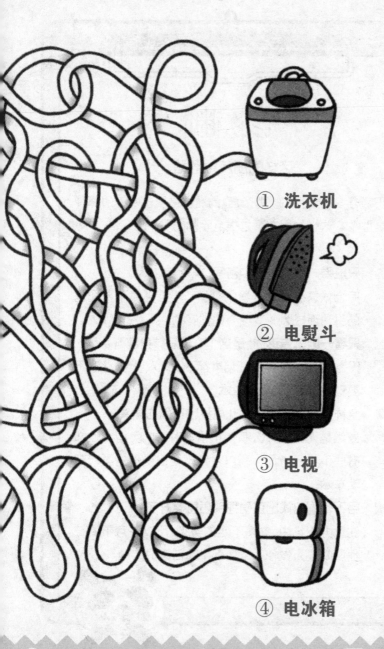

① 洗衣机

② 电熨斗

③ 电视

④ 电冰箱

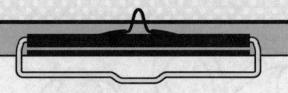

诊 断

这样的朋友很危险。

正确答案是电视机。那么,你的朋友是属于以下的哪种类型呢?这样的朋友可是很危险的哟。

- **只是看一眼就能命中答案。**
  完全依靠感觉作判断的类型,千万注意不要受他的引诱而成为游戏中心的常客哟。

- **只看一眼就告诉你"是这个",然后转身离开!**
  因为嫌麻烦,所以对任何事都不做深入思考,注意不要受他的影响成为懒虫哟。

- **全神贯注地凝视一会儿后找出正确的插头。**
  虽然是无论做什么事情都慎重对待的类型,但却有些消极的方面,所以注意不要因受他的影响而误车哟。

- **目不转睛地找出正确插头后就离开了!**
  注意力不集中、性情不定的类型,所以注意不要被他影响成为做什么事情都半途而废的人哟。

发生交通事故了!
你就是目击者!

这一篇也要和朋友们一起做哟。

　　刚才,发生了一起交通事故,而你的朋友就是这起事故现场的目击者。让你的朋友充分观察下一页上的事故现场,然后回答后面的提问。

那么,你的朋友对于以下的提问可以回答上几条呢?

(这一页不要让朋友看,你来提问吧。)

① 橱窗上的钟是几点呢?

② 汽车的车牌号码是多少?

③ 在人行横道上被撞倒的有几个人?

④ 汽车是向左转还是向右转的呢?

⑤ 汽车行驶方向的信号灯是什么颜色?

⑥ 咖啡厅的名字是什么?

⑦ 有几只狗呢?

⑧ 除了被车撞倒的人之外,还有几个人呢?

⑨ 有一个去做运动的少年, 他手里拿着什么东西呢?

⑩ 风是向哪个方向吹过去的呢?

答案：

①4 点　②4326　③一个人

④右拐　⑤红灯　⑥松

⑦2 只　⑧8 人　⑨棒球杆

⑩由西向东

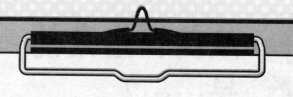

诊断

可以为这样的朋友提供相应的帮助哟

那么,你的朋友答对了几条问题呢?根据不同的类型在相应的时候给予他们帮助吧。

- **答对问题是 7–10 题的**

  能够回答这么多问题的人,头脑异常清晰。不过也许会因此而缺少真正的朋友吧,所以跟他成为闲聊的伙伴吧。

- **答对问题是 4–6 题的**

  这类人也许可以说是具有一般常识的人,因为他们对钱总是有借有还,所以在他们困难的时候借钱给他们吧。

- **答对问题是 0–3 题的**

  这类人可以说是注意力散漫,缺乏观察力的人。用尽所有的词汇在他困惑时与他商量吧。

从门口走来的是……？

朋友到你的房间来了哟。不过,他变身成了某种动物。那么,到底是哪种动物呢?

请从下一页中选择。

① 狮子

③ 大象

② 熊猫

④ 企鹅

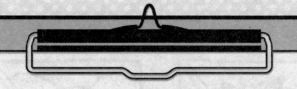

你与朋友今后也能融洽相处吗？

来到房间的动物是日常你对朋友的印象，由这个动物的身上可以了解到你和你的朋友在今后日子里的关系哟。

■ **选择狮子的你**

对于朋友来说，他们认为你是那种无论争吵多少次都不奇怪的人。今后为了友谊着想，在双方之间有忍不住要说的事时，相互之间请多一些理解吧。

■ **选择熊猫的你**

对于朋友来说你是不是相当任性呢？今后为了友谊着想，偶尔也听一听朋友的建议吧。

■ **选择大象的你**

你是不是太依赖朋友了呢？今后为了友谊着想，自己能做的事情尽量自己承担，不要给朋友增添太多的负担吧。

■ **选择企鹅的你**

你是不是把朋友当作累赘了呢？今后为了友谊着想，多给朋友一些关照和援助吧。

你的朋友在什么地方呢?

　　咦? 朋友们都到哪儿去了呢? 仔细看一看,噢,原来都在棒球场里呀。

　　那么,你的朋友都在下一页的什么位置呢?

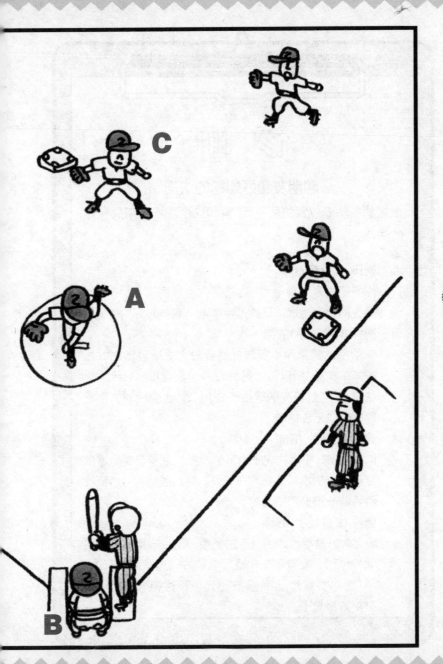

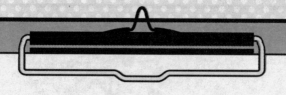

和朋友和好如初的法门

根据朋友防守位置的所在,了解和这个朋友吵架后和好的法门。

- **选择 A(投手)的你**

  你的朋友是自尊心很强,总要占上风的类型,所以你要先向对方道歉。是通过道歉就会意外和好的类型。

- **选择 B(接球手)的你**

  你的朋友是那种不管怎样都要对方先听自己这方面说辞的类型,所以你也好好理顺了条理说出自己的想法吧。不过,不变的理由和使用心计也会使对方不愿再听你讲下去的哟。

- **选择 C(垒手)的你**

  你的朋友是不太拘泥于小节的类型,只要豪爽地道歉就能够立刻冰释前嫌言归于好。最怕的就是自始至终吞吞吐吐磨磨蹭蹭的哟。

- **选择 D(外场手)的你**

  因为对方是相当悠闲自在的类型,所以直接道歉还不如打电话、发电子邮件或写信等方式道歉来得有效。不过,尽管如此,也许会在你还没回过神来的时候就被对方报复了。

PART

4

了解与喜欢的人的交往方式

好，从这里开始总算谈到了"和喜欢的人的交往方法"了。

也就是，为恋爱准备的心理测试哟。

你是怎样的男生呢？你是怎样的女生呢？

首先从了解这些方面着手向喜欢的人出击吧！

让你喜欢的人喜欢你的心理策略

如果想跟喜欢的人交往，只是在对方附近守候着是不行的，要试着从自己这方面积极努力才行。

① 拥有共同的爱好。

② 称赞对方的长处。

唱得好太了!!

③ 说话时尽量接近对方的面部。

④ 在谈话中要制造只有你们两人共同拥有的秘密"这件事情只有你知道哟"。

⑤ 不要问"我们去做……？"，而要说"我们去做……吧！"，两人共同行动。

走啊

你是怎样的男生呢？

你是怎样的男生呢？如果连这个也不知道，那你是无法追求你喜欢的女生的哟！

1 在运动会分队时你喜欢穿什么颜色的队服呢？

A 喜欢红色
B 喜欢蓝色
C 喜欢黄色

2 你玩叠纸飞机吗？

A 不会
B 不擅长
C 喜欢

5 吵架的时候呢？

A 准备再吵 做好失败的精神
B 马上逃避
C 如果感觉能赢就吵

3 郊游的时候你喜欢哪个环节呢？

A 游戏
B 便当
C 喜欢观赏各种各样的事物

6 两人说话时的声音状况呢？

A 大声说话
B 有什么说什么
C 以能听到的程度说话

4 如果吃便当的话……？

A 只吃好吃的东西
B 能吃很多
C 什么都吃

7 表现困乏时候的

A 先睡个够再说
B 一味忍耐
C 立刻入睡

8 钱包丢了怎么办？

A 寻找到底
B 自己生气
C 放弃

10 能够遵守与朋友约定的时间吗？

A 有时会忘记
B 绝对遵守
C 因人而异

PART 4 了解与喜欢的人的交往方式

9 如果饲养宠物的话是什么情况？

A 不擅长用心照顾
B 用心关照宠物
C 弃之不顾

得分表

Q \ A	A	B	C
1	1	2	3
2	3	2	1
3	2	3	1
4	1	3	2
5	3	1	2
6	2	1	3
7	1	2	3
8	3	2	1
9	2	3	1
10	1	2	3
合计			

25～30 → A 型

20～24 → B 型

15～19 → C 型

10～14 → D 型

A型→一见钟情

你是一见到女生就会立刻喜欢上的类型。虽然这样的情况被称为"一见钟情"，但你是那种认为自己很优秀的人，深信自己是"世界上最棒的"。虽然有热情但要注意别太任性。

B型→在喜欢的人面前忐忑不安！

你是那种一站在喜欢的人面前就会脸红并心跳加速的类型。而且，由自己告白说"我喜欢你"是怎样也说不出口的。自尊心很强，不想让自己受到伤害的意识很强烈。

C型→无论和谁都能立刻成为好友！

如果你是女生，应该是无论和谁都能立刻成为好友的类型。开朗活泼、不拘小节，所以周围的人也都很自然地聚集在你的身边。不过，对人有点儿轻信的倾向，所以注意不要上当受骗哟。

D型→只在远处关注着？

头脑聪明的你对于刚刚发生的事情会立刻进行思考，所以在这种场合缺乏决断力，会让好不容易得来的在喜欢的女生面前告白的机会溜走，以致于只能站在远远的一边观望。如果不再努一把力的话，你的恋爱是很难成功的哟。

A型 男生追求女生的方法

我爱你

你的追求成功率可以说是相当的高哟。原因是你如果决定了"我好喜欢这个女生呀",应该就会表露无遗追求到底的。即使这样的道白和反应是有点儿装模作样,但对于你来说也无伤大雅,为了达到目的无论付出什么样的努力都是可以的。充分发挥你固执强悍的个性和热情去接近你喜欢的女生吧,但是千万不要变成"跟屁虫"哟。

B型 男生追求女生的方法

你呀,是那种面对女生无法主动清晰地告白说"我爱你"的类型。对于这样的你来说,最好是先从"我们做朋友吧"开始。总是与对方在一起,把你的优点一点儿一点儿地展露在对方面前,女生一旦感觉到了应该就会主动留在你的身边。如果你还是无法清楚地说出"我爱你"的话,那就用"你真是善解人意呀"之类委婉的说法来传达你的心意吧。

嗯,你真是善解人意呀。

ご型　男生追求女生的方法

你很别哟是特的。

喜欢

无论和谁都能立刻成为好友的你即使面对女生也不会意识到,对待她们不应和对待你的兄弟们一样。正因如此,女生方面不会明白你到底是不是喜欢她,这种可能性是相当大的。因此,你必须要认真地对喜欢的女生表白说"我很喜欢你"。并且你一定要把喜欢的女生和不喜欢的女生区别对待。如果不加以区别的话,你的成功概率就会很低哟……

つ型　男生追求女生的方法

老实说你是那种优柔寡断的人, 总是这个那个的考虑过多, 即使站在自己喜欢的女生面前好像也无法直率地说出"我爱你"。对于这样的你在追求喜欢的女生时只有请朋友帮忙转达了。也可以用电话传达自己的心意, 或用写信或发邮件的方式。总之,如果不稍加努力的话你就只能对着自己喜欢的女生"望梅止渴"了。

嗯喜你过,我欢不……

你是怎样的女生呢？

你是怎样的女生呢？什么样的女生会拥有什么样的优点呢？我们先在此披露一下吧。

1

你在看搞笑节目时是怎样的感受呢？

A 哈哈大笑
B 不怎么发笑
C 嗤嗤的笑

哈哈

2

会……？

如果听到朋友们讲变态的粗话你

A 马上附和

B 默默地听着

C 低下头

5

你的脸型是怎样的呢？

A 圆圆胖胖的

B 尖下巴

C 蛋形

3

将来想住在怎样的房子里呢？

A 高级公寓

B 带庭院的房子

C 只要有住的地方就好

6

喜欢扮靓的方法是……？

A 喜欢华丽的

B 不喜欢附和潮流

C 个性化的

4

你吃饭的时候会……？

A 什么都吃

B 考虑营养方面的问题的选择

C 有爱吃和不爱吃

7

你喜欢饲养动物吗？

A 很喜欢

B 不擅长照料

C 不能持久

8 你和朋友们谈话时的毛病是……?

A　接触对方的身体
B　手经常动
C　常常点头

10 你在打扫卫生的时候会……?

A　认真地做
B　马马虎虎地做
C　不太会做

9 说话的时候是怎样的条理?

A　随着感觉聊
B　按照顺序说
C　先说结果

25～30　→　A 型

20～24　→　B 型

15～19　→　C 型

10～14　→　D 型

得分表

Q＼A	A	B	C
1	3	2	1
2	1	2	3
3	2	3	1
4	2	3	1
5	1	2	3
6	3	2	1
7	1	2	3
8	2	1	3
9	3	2	1
10	1	3	2
合计			

A型→喜欢被对方纠缠围绕的类型！

你是不是认为男生很可爱呢？因为觉得他很可爱所以就希望永远和他在一起，希望常常纠缠在一起。不过，一旦觉得那个男生不够可爱就会在瞬间决定与其分手，我认为你的这种现实主义的观点有点儿问题哟。

B型→非常亲切的类型哟！

你呀，如果得到了自己非常喜欢的男生，那么无论为他做什么你都愿意，是充满了奉献精神的亲切女生哟。虽说如此，但还是老老实实地不要多管闲事，要时时尊重男生。不过，也许稍微有点儿唠叨是令男生感到烦闷的地方哟。

C型→独特而有趣的类型

你是一个拥有自己世界的独特女生，无论和谁在一起都能立即成为好友，是个非常快乐的女生。非常喜欢逗引周围的人发笑，或是开玩笑，总是很热闹的感觉。不过，不要太过于疯狂哟。

D型→无论和谁都能合得来的大众情人型。

你呀，跟谁都合得来是你的得意之处。所以你很少和朋友争吵，朋友如果有需要帮忙的地方，你会尽力而为，对于被拜托的事从不说讨厌之类的话，是个"乖孩子"类型的女生。不过，太过与人为善的话可能会给你招来"八方美人"的称谓哟。

女生如何赢得男生的好感

时而坚强

时而娇憨

因为你是个非常喜欢被对方纠缠围绕的人，所以如果能让男生在你面前尽情撒娇的话那也不错哟。虽然还是个孩子，但已经有了"强者"的风范，完全像个"母亲"的样子了。由于你的强悍，男生应该也可以安心的撒娇了吧。另外，反过来因为你也是擅长撒娇的类型，所以有时也向男生撒撒娇吧。不要觉得在男生面前撒娇是令人难为情的事情哟。如果想让对方给你撒娇的机会，下次就要留出撒娇的空间来，因为男生就是粗心大意的呀。

B型 **女生如何赢得男生的好感**

因为你是具有"奉献精神"的女生类型，所以对于这种亲切的面貌你要不遗余力地尽情展现哟。不过，因为你是不擅长在人前做秀的害羞的家伙，所以就不要有什么夸张的举动和道白了，而是要在不经意间流露出亲切可人的举动哟。这种不经意的亲切举动可以被称为"关怀"，而这种关怀正是男生们的弱点所在呀。所以他们一定会注意到你的。

这里有线哟

 C型 女生如何赢得男生的好感

某君你酷呀
某，好

你的魅力所在就是"富于情趣"和"活泼开朗"。非常喜欢逗引周围的人发笑或是开玩笑,周围总是聚集着许多朋友。我认为你只要把这种魅力充分地展现在自己喜欢的男生面前就足够了。按照自己的喜好行动,想说什么就说什么。男生对于这种轻松愉快的女生是非常感兴趣的。

D型 女生如何赢得男生的好感

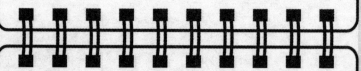

因为你是和谁都合得来的女生, 所以即使有了喜欢的男生正在交往, 而如果有其他女生也喜欢那个男生的话, 你便会客气地退避三舍。但是,用不着谦虚。虽然你没有什么积极性, 但是由于你具有与大家相处融洽的伶俐和喜欢助人为乐的本性,只要充分展现这些方面的话,你喜欢的男生就一定会回到你身边的。

你喜欢的女生

类型是……？

你喜欢什么类型的女生呢？如果不知道这一点，那么你也就搞不清交往的方法喽！

START

喜欢健谈的女生。

YES→3　　　　　NO→4

喜欢充满朝气运动神经发达的女生。

Yes→5
No→6

喜欢脸蛋长得可爱的女生。

Yes→9
No→10

喜欢爱追赶潮流的女生。

Yes→6
No→1

喜欢爱车的女生。

Yes→10
No→7

喜欢特别爱唱卡拉 OK 的女生。

Yes→2
No→7

喜欢能和男生轻松愉快交谈的女生。

Yes→11
No→6

喜欢稍微有点儿粗鲁的女生。

Yes→3
No→8

与丰满的女生相比更喜欢骨感的女生。

Yes→7
No→12

喜欢爱电话聊天的女生。

Yes→13

No→14

喜欢爱孩子的女生。

Yes→A 型女生

No→B 型女生

喜欢晚会上的女生。

Yes→14

No→11

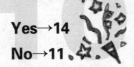

喜欢看起来认真的女生。

Yes→B 型女生

No→13

喜欢总是快乐的大笑的女生。

Yes→12

No→15

喜欢不太爱谈论琐碎小事的女生。

Yes→C 型女生

No→14

喜欢看起来聪明的女生。

Yes→16

No→13

喜欢爱占卜的女生。

Yes→D 型女生

No→15

A型女生

喜欢缠绵并且擅妒
的女生

(详情请看 P114 的 A 型)

B型女生

非常亲切而老实
的女生

(详情请看 P114 的 B 型)

C型女生

独特而有趣的热闹
女生

(详情请看 P114 的 C 型)

D型女生

与谁都合得来的亲切
女生

(详情请看 P114 的 D 型)

与 A 型女生交往的方法

你
里
我
的只
眼有

非常喜欢和男生纠缠着撒娇的"A 型女生"希望你的眼里只有她,所以和她在一起的时候绝对不要看其他女生哟,不要在意别的女生,不要和别的女生说话。另外,因为她很喜欢交换信件和电子邮件以及在电话里聊天,所以你要不断地用这些加强缠绵的感觉。再试着撒撒娇也许会有意外的惊喜哟。

与 B 型女生交往的方法

与老实的"B 型女生"交往时,应该避免在惹人注目的地方缠绵亲热,避免做出引起周围朋友注意的举动。如果可以的话,尽量避开朋友多的地方,两个人单独谈心。不管怎样,要多花时间慢慢培养感情。另一方面,她对自己没有的东西充满了憧憬,所以用不断诱导的态度对她很有效。

我那天
们边吧。
去聊

我要也噢

C型 与 C 型女生交往的方法

逗引周围的朋友发笑，常常与人开玩笑，总是不断制造热闹气氛的正是"C 型女生"，所以当她谈论一些深奥的问题时，绝对不要对她的行动喊停。总之，她是喜欢轻松自在生活的人，所以不要妨碍她。她是好恶不太分明的类型，但是对身边的男生却情有独钟，所以你要尽量呆在她的身边，这一点是非常重要的。

D型 与 D 型女生交往的方法

在与和谁都合得来的"D 型女生"交往的过程中突然一对一的交往常常会产生问题。最初应该采取团体式的交往，与大家共同友好相处，在这期间把自己轻松快乐的天性在对方面前尽量展露出来。很快，她应该就会渐渐地意识到你的存在了。如果更进一步地在不经意间送她礼物，她一定会把你视为特殊朋友的。

去玩吧。大家一起

你喜欢的男生
类型是……?

你喜欢的男生是属于哪种类型的呢?在了解了这些的基础上你才能把自己的魅力充分展露在对方面前。

START

喜欢爱学习会学习的男生。

YES→4　　　　NO→3

英语很流利……

我这方面嘛……

喜欢擅长打架的男生。

Yes→5
No→6

喜欢团体中的领袖男生。

Yes→9
No→10

喜欢能认真管理金钱的男生。

Yes→1
No→6

喜欢孝顺的男生。

Yes→5
No→10

喜欢擅长体育的男生。

Yes→2
No→7

喜欢绝对不会忘记写作业的男生。

Yes→6
No→11

喜欢稍微有点儿不良嗜好的男生。

Yes→3
No→8

喜欢知识渊博的男生。

Yes→12
No→7

喜欢体格结实的男生。

Yes→13

No→14

喜欢在班里各方面都很优秀, 引人注目的男生。

Yes→A 型男生

No→B 型男生

喜欢看电影和电视都会流泪的那种感情脆弱的男生。

Yes→14

No→9

喜欢不轻易放弃, 坚持到底的男生。

Yes→B 型男生

No→13

喜欢在女生当中受欢迎的男生。

Yes→15

No→10

喜欢总是逗引朋友们发笑的滑稽男生。

Yes→C 型男生

No→14

喜欢那种不看变态书籍的男生。

Yes→16

No→11

喜欢那种绝对不会使用暴力的男生。

Yes→D 型男生

No→15

A型男生

引人注目的家伙,
领袖男生。

(详情请见 P108 的 A 型男生)

B型男生

害羞的家伙,容易受
伤的男生。

(详情请见 P108 的 B 型男生)

C型男生

广受欢迎的
滑稽男生。

(详情请见 P108 的 C 型男生)

D型男生

冷静,不做无谓之争的
潇洒男生。

(详情请见 P108 的 D 型男生)

A型 与 A 型男生交往的方法

好棒呀！

X X君什么都很能干呢。

好棒呀！

引人注目的家伙，有极强的领导意识，这就是"A 型男生"。如果让他在众人面前丢脸或让他听从你的指令，你或许会遭到冷不防的顶撞哟。因此不管怎样与这种类型的男生交往时最重要的是奉承他。而且，他们对漫不经心的温柔可是缺乏抵抗力的哟。如果作为对手的话他是非常难对付的，但是如果作为伙伴的话也没有比他更可靠的了。这就是所谓的"A 型男生"。

B型 与 B 型男生交往的方法

自尊心很强，容易受伤的"B 型男生"很不容易让你见识他的本来面目和内心世界，所以要和他成为好友的话可是要花时间的哟。不过，只要有一次把心交给了你，他就会永远只关心你的事情了，会非常在乎你的。无论面对什么样的事情他都不会吐露 "必须加油"的微弱声音，在面对小事时一味隐忍，但是一旦爆发就会令人难以承受，所以要注意他的自尊心是一定不能受到伤害的。

不要伤害自尊我的心哟……

C型 与 C 型男生交往的方法

你有吧。
决意的对
不是对

对不起。
对不起。

不拘小节，总是逗引得周围的大家发笑的滑稽男生"C 型"，任由他悠游自在是最佳的方法。把规律的生活和学校的规则强加在他身上，在你们的交往中罗列出安排好的事情，只是这些也许就已经使他承受不住了哟。即使你们约会的时间里他迟到了，你在与他见面时也一定要想到他绝不是心存"恶意"而为之的。

D型 与 D 型男生交往的方法

有着一双冷静观察事物眼睛的 "D 型男生"不会做无谓之争，他既不会做任何无谓的抵抗，也不会做任何无谓的努力，所以他最初只会从自己力所能及的、有可能成功的事物做起。因此，即使在与女生交往的时候也只会选择与自己好处的女生进行交往，所以在和这种类型的男生交往时要根据自己和见面时的情形尽量展现自己的优点。

PART
5

了解自己未来的人生

自己的未来是什么样子的呢？
将来会成为什么样的人呢？
要向什么样的工作发展呢？窥视内心的深处，看看
你们的未来吧。

模特

未来的 我？

在众人前不畏缩胆怯的心理策略

当你站在教室前讲话，或站在礼堂和操场的演讲台上讲话时就会因为紧张而讲不好，那么要怎样做才能不紧张地讲好话呢？

① 事先认真做好演讲的准备。

② 在未轮到自己讲话之前先把自己要讲话的事情忘掉，认真听别人的演讲。

③ 不要总想着自己是在面对着一大群人讲话，只要当作是面对一个人的谈话就好了。

④ 别人是别人，自己是自己，恢复自信。

大家都很忙呀。
他们都在做什么呢?

这大概是公司里的景象,大家好像都很忙呀。首先,集中精力看这幅图,然后请打开下一页。

经理

企划书

那么,他们各自手里拿了什么东西呢?

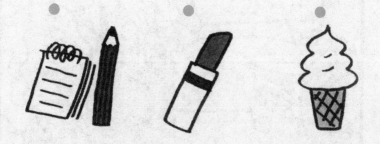

请连线。(请不要看上一页)

诊 断

你将来会成为经理吗？!

■ **答对6题**

你将来会成为经理哟。6题全部答对真是厉害呀，很有识人的眼光呢。

■ **答对4-5题**

将来是主管或是部门经理吧？再稍微培养一下识人的眼光成为"经理"也许不是梦想哟。

■ **答对3题以下**

这样下去的话只能是普通的公司职员了吧？要多多培养能够识人的眼光哟。

你能解开纵横字谜吗?

这里有一个纵横字谜,题目是运动。把解开纵横字谜的两组文字用 A B C D 连接起来,就会出现另外一个与运动相关的词汇哟。这就是正确答案。

1	2	3		4 A
5	B			
		6	7	
8			C	
D		9		

 《解答》

A	B	C	D

↓解开纵题的线索

1、棒球这样打 3 次就是三振。

2、如果……是小男朋友的话，"虎"队是什么。

3、运动当中技巧是非常重要的。技巧是什么？

4、在札幌、东京、名古屋、大阪、福冈等地的○○○有圆形球场。

7、网球、排球的分段式比赛。

→解开横题的线索

1、在全集中笔直打出的拳。

5、在橄榄球中攻入对方的球门就可以得分。

6、转奔三垒触球后安全的跑回本垒，再来一记○○○腾空球。

8、内角被称为○○跑道。

9、棒球在防守的时候，9 个人当中只有○○○，用界外球地滚球防守的是接手。

你将来可以成为体育解说员哟。

正确答案是"跑道",如下所示。

能够完美解答问题的你将来可以成为体育解说员或体育评论员哟。

3 很想吃好吃的便当呀！

这一页是女生们想做的哟。

终于等到了午饭的时间。现在，男生们好像要拿出便当来了，男生们会拿出怎样的便当来呢？从下一页中选出你感觉中的便当。

PART **5** 了解自己未来的人生

① 男生们最喜欢的食物。

② 高级餐厅大厨师制作的外卖套餐。

③

妈妈早上起来精心制作的便当。

④

妈妈制作的饭团。

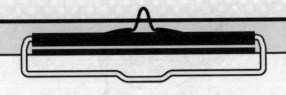

诊 断

你将来会成为温柔的好妈妈哟。

这个心理测试要确认的是你将来是否能成为一个"温柔的好妈妈"。

■ **选择①的你**

特意去买了孩子爱吃的食物，所以算是个还过得去的妈妈吧。

■ **选择②的你**

说到底只是你自己想吃吧？

■ **选择③的你**

毫无疑问，你将来一定是个温柔的好妈妈。

■ **选择④的你**

我认为你会成为好妈妈的。

变身成猴子爬树吧！

Q4

你现在突然变身成了一只猴子。那么，从笼中被放出来的你现在想要去爬树。

你会爬到下一页中树的哪个部位呢？

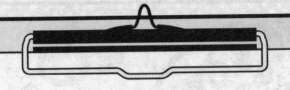

诊 断

你将来可以成为偶像哟。

猴子因为拥有智慧而模仿能力很强，是非常接近人类的动物。也可以说，像人又不是人。就以它们作为"偶像"的象征吧。

■ **选择位置 A 的你**

希望接受更多阳光的沐浴，希望更受人们的关注而爬上树的顶端的你毫无疑问会成为偶像。

■ **选择位置 B 的你**

保守的选择站在上面第 2 或第 3 的位置上的你虽然也想成为偶像，但现在还有一点儿顾虑，那就是担心成为偶像反而会招来灾祸而受到伤害。

■ **选择位置 C 的你**

有着深远顾虑的你，老实说是不可能成为偶像的。大概更适合做偶像的经纪人吧？

■ **选择位置 D 的你**

这个位置完全是旁观者的位置。即使要成为支持偶像的拥护者也还需要努力呀！

三人携手去太空吧！

你喜欢宇宙吗？

虽然决定了三人去太空，但是现在只剩下你一个人了。去太空无论如何必须是三个人同去。请打开下一页寻找两位穿着同样宇航服的宇航员吧。那么，是谁和谁呢？

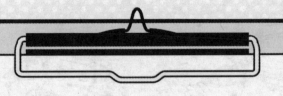

诊　断

你的将来是宇航员吧

正确答案是②和⑦。坚决不放弃直到命中正确答案为止，你是非常想加入宇航员的队伍呢。我可以清楚地告诉你从现在就开始努力的话，你的将来就是"宇航员"哟。

小〇圈定的部位是错误的地方。

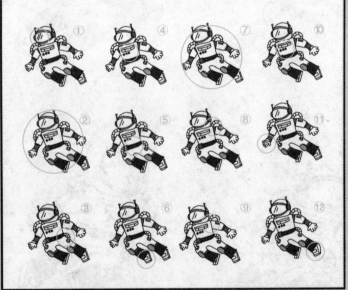

制作蒙太奇照片吧！

看到犯人了吧！那么，请认真地记清楚犯人的脸。好，如果你认为已经 OK 了的话，就请转到下一页，不要看这一页的内容，把头发、眉毛、眼镜、眼睛、鼻子、嘴巴、轮廓等分别选定。

这就是犯人的脸！

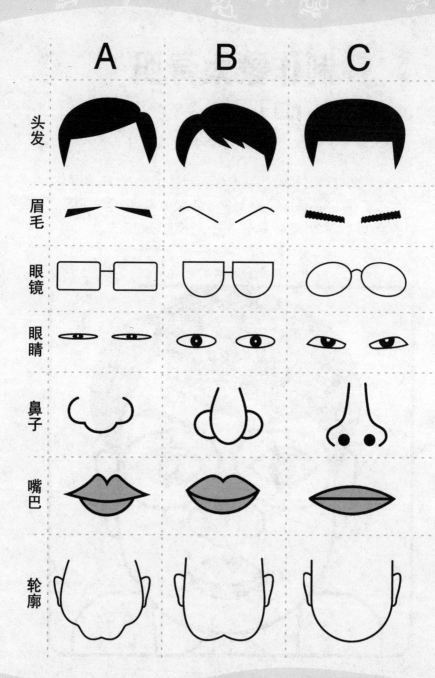

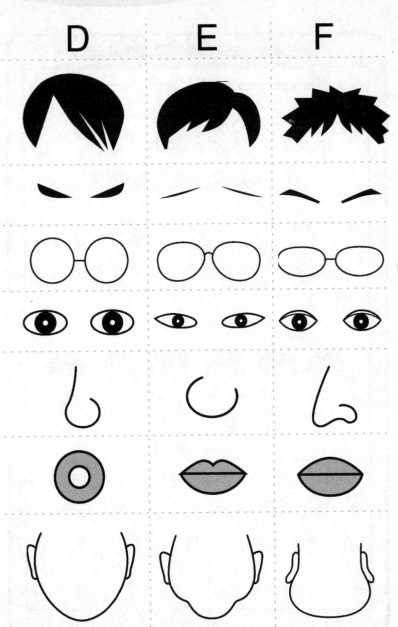

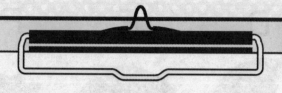

诊 断

你，将来可以成为警察哦

正确答案：头发 E　　眉毛 F　　眼镜 E　　眼睛 F
鼻子 A　　嘴巴 B　　轮廓 C

完全答对的你决定将来做"警察"吧！哎呀，也不能说是完全呀。

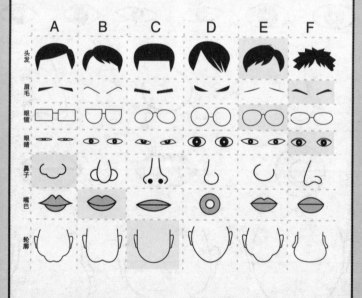

揭示隐藏的图画！

在下一页的绘图中画了许多生活中经常用到的物品哟。那么，你能从中找出几件呢?

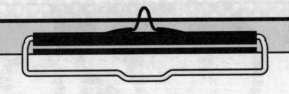

诊断

你将来可以做侦探哟。

正确答案是：①手表　②钥匙　③玻璃杯
④铅笔　⑤眼镜　⑥菜刀
⑦放大镜　⑧茶杯　⑨三角尺
⑩剪刀　⑪汤勺　⑫水果刀
⑬叉子　⑭圆规

把答案回答得这么完美的你真是很棒。将来是可以从事"侦探"事业的哟。

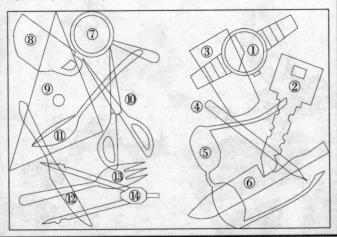

明天的测试你能得 100 分吗?

好,从这里开始就进入心理测试研究了。要用心哟!

坐在靠窗的位置总是
受到窗外的诱惑。

Yes→5

No→6

上课的时候经常举手回
答问题。

Yes→9

No→6

对老师经常直呼其名。

Yes→6

No→1

经常忘记在测试卷上写
自己的名字。

Yes→10

No→9

上学经常迟到。

Yes→7

No→2

一看到测试卷就紧张。

Yes→11

No→6

因病请假的时候很多。

Yes→8

No→3

记忆力非常棒，默记的
功夫也不错。

Yes→7

No→12

上课时总是全神贯注听老师讲话。

Yes→13

No→14

考试几乎都是满分。

Yes→A 型

No→14

认真地把黑板上的内容记录在笔记本上。

Yes→14

No→9

考试中从未拿过低于80 的分数。

Yes→B 型

No→C 型

上课时经常去洗手间。

Yes→15

No→10

认为只要得 60 分以上就可以了。

Yes→C 型

No→14

有时不打开教科书。

Yes→16

No→11

到现在为止还从未得过 100 分。

Yes→D 型

No→15

PART 5 了解自己未来的人生

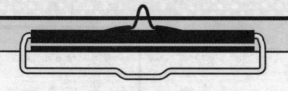

诊 断

A型 **一定拿** 100 分

总是拿 100 分的你，毫无疑问明天也能拿 100 分。不过,要避免疏忽大意。

B型 **大概能拿** 100 分

什么时候都能拿到前几名分数的你从现在开始在比别人多一倍的努力的话,也许可以拿到 100 分……

C型 **偶然会得** 100 分

对于世上的事情是不能失去信心的哟。即使是有些怯懦的你如果多加努力的话,突然、也许、大概……会得到吧。

D型 **如果奇迹发生的话能得** 100 分

嗯,你的情况呀,老实说只有拜托奇迹发生了,否则的话你大概是没有什么机会得 100 分了。奇迹呀,奇迹快快出现吧……

可以预期你三年以后的情况吗?

三年以后你会是什么样的情况呢?

你在这张椅子前

正要站起来→3

正要坐下去→4

比起在外面玩更喜欢
读书。

Yes→5

No→6

除了父母和兄弟姐妹以外
还有其他可以商量的人

Yes→9

No→6

这世上学历是最重要
的,所以想努力学习进
入好的大学。

Yes→6

No→1

虽然也很爱玩,但更喜
欢学习。

Yes→9

No→10

乐于上免试自动升学的
学校。

Yes→7

No→2

自己有某方面的才能。

Yes→6

No→11

讨厌乘公交车。

Yes→3

No→8

如果可以的话就不想去
上学了。

Yes→12

No→7

想再努力学习提高成绩。

Yes→13

No→10

在历史上有令你尊敬的人物。

Yes→A 型

No→B 型

作业是决不会忘记的。

Yes→14

No→11

有时会讨厌现在的自己。

Yes→B 型

No→13

只对自己感兴趣的科目着急。

Yes→15

No→12

希望今后也能继续自己现在的兴趣。

Yes→C 型

No→14

休息的时候一整天都在家里玩游戏。

Yes→16

No→11

被父母责备也毫不在意。

Yes→D 型

No→15

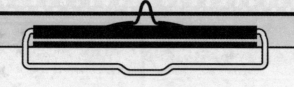

诊 断

A型 **努力获取成果**

这样努力的你一定会获得成果的，就这样持续不断地努力下去吧。

B型 **稳步前进**

也许没有什么眼睛看得到的成果，但是你确实是在前进。所以无论如何都绝不要放弃。

C型 **和现在一样**

无论是学习还是运动好像都看不到明显的进步。不过，如果懒怠的话就会掉下去哟，所以保持现在的状态吧。

D型 **再多努力一些吧**

你的情况是，目前看不到你 3 年以后的希望哟。再多一些努力吧，向不远的 3 年后前进吧。

可以预期你十年
以后的情况吗？

　　这里是上一页中诊断出的三年后的你的样子，让我们从这里出发吧。

最近和父母发生了争吵。

Yes→2
No→5

身材高出人均身高值。

Yes→9
No→6

无奈的发现家里的闹钟晚了。

Yes→6
No→5

早上不用叫醒也能起床。

Yes→10
No→9

有自己专用的手机。

Yes→7
No→2

马上就能猜出现在钱包里有多少钱。

Yes→6
No→11

向朋友借过钱。

Yes→3
No→8

自己也使用暴力但不喜欢被别人施暴。

Yes→12
No→7

认为自己是运气很好的人。

Yes→13
No→14

将来有无论如何都想从事的工作。

Yes→A 型
No→B 型

一旦被喜欢的人讨厌了就什么也不想做了。

Yes→14
No→9

一接触到婴儿的目光就会露出微笑。

Yes→B 型
No→13

虽然想守约,但却经常失约。

Yes→15
No→10

不喜欢被周围的人指手划脚。

Yes→C 型
No→14

很擅长介绍别人互相认识。

Yes→16
No→11

接二连三地把东西让给别人。

Yes→D 型
No→15

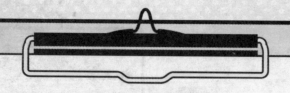

诊 断

A型　在喜欢的工作上成功的前进

现在的你就有了将来想要从事的工作，如果朝着这个方向努力的话，十年以后你一定会在这项工作方面取得成功的。

B型　和相爱的人结婚

为了爱情而活着的你一定会和一位了解你的热情的人幸福结婚的。

C型　按照自己的喜好生活

无论什么时候都按照自己的节拍生活着的你，十年以后也一定会像现在一样随着自己的喜好生活着。

D型　正在追寻自己喜欢的东西

比起自己的事情来会优先照顾到周围人的你，十年以后，自己到底想要做什么呢？大概正在寻找着吧。

手上的动作会反映出人内心的举动。作为内心发出的讯号来测试一下吧,非常有趣哟。

专栏
6

手势识人的心理策略

① 手指尖不断地敲击桌子、椅子或自己的膝盖等处,其透露出来的信息是焦躁不安。

② 双臂抱在一起所透露的信息是自我保护,拒绝他人。

③ 用手拍额头或挠头发是干劲十足的信息。

④ 说话时两手做出大幅度的动作是想说服别人的信息。

作者简介

本间 正夫(HONMA MASAO)

1953 年 (昭和 28 年)8 月 28 日生于日本群马县前桥市。他除了制作谜语、纵横字谜之外还著有漫画原创和电影剧本，他用笔名"Project26"亲手编写制作了心理测试及与运动相关的取材构成等，他一直持续着多方面的执笔活动。他的主要作品有《谜语问答学校》(池田书店)、《奇怪的物品谜语》系列(poplar[白杨]出版社)、《谜语趣味百科》《玩谜语》《纸牌游戏》(西东社)、《推理问答》《为什么? 怎么啦?》《谜语书》(高桥书店)、《发掘谜语大事典》《汉字接龙头脑操》(主妇之友出版社)等。